하루 한 편의 시를
읽고, 쓰고, 가슴에 새기며
감성 여행을 떠나보

필사한 시의 삽화
나만의 색으로 채색하며 복
차분하게 달래보세요.

감성여행에 취하고
힐링하는 동안
멋진 나만의 시화집이 완성됩니다.

1. 두뇌활동을 자극시키는 치매예방 활동교재로 사용할 수 있습니다.

시를 읽고, 집중해서 한 글자 한 글자 쓰고, 나만의 색으로 표현함으로서 자신을 표현하고 성취감과 자신감을 높여주며, 언어력, 집중력, 기억력, 지각력 등 두뇌활동을 자극하여 치매예방에 도움을 줍니다.

2. 필사와 컬러링을 같이 할 수 있습니다.

필사는 손으로 글씨를 적는 활동을 통해 마음을 힐링 시켜줍니다.
손의 자극과 연필의 사각사각 소리 등 다양한 감각을 통해 두뇌에 자극을 줍니다.

컬러링은 심리적 긴강감을 이완시키고 안정감을 주어 힐링 효과와 함께 두뇌 발달과 소근육 발달, 자기표현 능력도 높여주어 치매예방에 좋습니다.

3. 누구나 쉽게 시작할 수 있습니다.

글자크기를 키우고 그림의 난이도를 조절하여 누구나 쉽게 시작할 수 있도록 제작되었습니다.
아이들부터 어르신까지 필사와 컬러링을 같이 할 수 있는 책입니다.

"나만의 시화집 컬러링 필사책" 이용방법

1. 시를 천천히 눈으로 읽어보세요. 두 번째 읽을 때는 소리내어 읽어보세요. (낭독)

2. 오른쪽 여백에 시를 한 글자 한 글자 써보세요.
   (시를 한 문장씩 기억해보며 써보는 것도 좋습니다)

3. 시를 다 적었다면 내가 표현하고 싶은 색상으로 스케치된 그림에 색을 칠해보세요.

4. 완성 된 나의 필사본을 보면서 한 번 더 읽어보세요.

5. 마지막으로 내가 느꼈던 점을 주변 사람들과 이야기하면 더욱 좋습니다.
   TIP) 시의 주제에 맞는 회상활동은 기억력에 도움을 줍니다.

빨 래

-윤동주-

빨랫줄에 두 다리를 드리우고
흰 빨래들이 귓속 이야기하는 오후,

쨍쨍한 칠월 햇발은 고요히도
아담한 빨래에만 달린다.

조개껍질

-윤동주-

아롱아롱 조개껍데기
울언니 바닷가에서
주워온 조개껍데기

여긴여긴 북쪽 나라요
조개는 귀여운 선물
장난감 조개껍데기

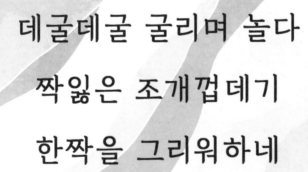

데굴데굴 굴리며 놀다
짝잃은 조개껍데기
한짝을 그리워하네

아롱아롱 조개껍데기
나처럼 그리워하네
물소리 바닷물 소리

고추밭

-윤동주-

시들은 잎새 속에서
고 빠알간 살을 드러내 놓고,
고추는 방년된 아가씬 양
땡볕에 자꾸 익어 간다.

할머니는 바구니를 들고
밭머리에서 어정거리고
손가락 너어는 아이는
할머니 뒤만 따른다.

오줌싸개지도

-윤동주-

빨래줄에 걸어논
요에다 그린지도
지난밤에 내동생
오줌싸 그린지도

꿈에 가본 엄마계신
별나라 지돈가?
돈벌러 아빠계신
만주땅 지돈가?

귀뚜라미와 나와

-윤동주-

귀뚜라미와 나와
잔디밭에서 이야기했다.

귀뚤귀뚤
귀뚤귀뚤

아무에게도 알으켜 주지 말고
우리 둘만 알자고 약속했다.

귀뚤귀뚤
귀뚤귀뚤

귀뚜라미와 나와
달 밝은 밤에 이야기했다.

해바라기 얼굴

-윤동주-

누나의 얼굴은
해바라기 얼굴
해가 금방 뜨자
일터에 간다.

해바라기 얼굴은
누나의 얼굴
얼굴이 숙어들어
집으로 온다.

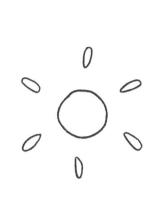

참새

-윤동주-

가을지난 마당은 하이얀 종이

참새들이 글씨를 공부하지요

째액째액 입으로 받아 읽으며

두 발로는 글씨를 연습하지요.

하루종일 글씨를 공부하여도

쨕자 한자 밖에는 더 못쓰는 걸.

코스모스

-윤동주-

청초한 코스모스는
오직 하나인 나의 아가씨,

달빛이 추운 밤이면
옛소녀가 못견디게 그리워
코스모스 핀 정원으로 찾아간다.

코스모스는
귀또리 울음에도 수줍어지고,

코스모스 앞에선 나는
어렸을 적처럼 부끄러워지나니,

 내 마음은 코스모스의 마음이오
코스모스의 마음은 내 마음이다.

햇빛 · 바람

-윤동주-

손가락에 침발러
쏘옥, 쏙, 쏙
장에 가는 엄마 내다보려
문풍지를
쏘옥, 쏙, 쏙

아침에 햇빛이 반짝,

손가락에 침 발라
쏘옥, 쏙, 쏙
장에 가신 엄마 돌아오나
문풍지를
쏘옥, 쏙, 쏙

저녁에 바람이 솔솔.

굴뚝

-윤동주-

산골짜기 오막살이 낮은 굴뚝엔
몽기몽기 웨인연기 대낮에 솟나,

감자를 굽는 게지 총각애들이
깜빡깜빡 검은 눈이 모여 앉아서,
입술이 꺼멓게 숯을 바르고
옛이야기 한 커리에 감자 하나씩,

산골짜기 오막살이 낮은 굴뚝엔
살랑살랑 솟아나네 감자 굽는내.

나만의 시화 한편을 만들어보세요. 내가 좋아하는 문장을 적어보거나 직접 시를 짓고 어울리는 그림을 그려보셔도 좋습니다.

나만의 시화 한편을 만들어보세요. 내가 좋아하는 문장을 적어보거나
직접 시를 짓고 어울리는 그림을 그려보셔도 좋습니다.

나만의 시화 한편을 만들어보세요. 내가 좋아하는 문장을 적어보거나
직접 시를 짓고 어울리는 그림을 그려보셔도 좋습니다.

나만의 시화 한편을 만들어보세요. 내가 좋아하는 문장을 적어보거나 직접 시를 짓고 어울리는 그림을 그려보셔도 좋습니다.

나만의 시화 한편을 만들어보세요. 내가 좋아하는 문장을 적어보거나
직접 시를 짓고 어울리는 그림을 그려보셔도 좋습니다.

나만의 시화 한편을 만들어보세요. 내가 좋아하는 문장을 적어보거나
직접 시를 짓고 어울리는 그림을 그려보셔도 좋습니다.

나만의 시화 한편을 만들어보세요. 내가 좋아하는 문장을 적어보거나
직접 시를 짓고 어울리는 그림을 그려보셔도 좋습니다.

나만의 시화 한편을 만들어보세요. 내가 좋아하는 문장을 적어보거나
직접 시를 짓고 어울리는 그림을 그려보셔도 좋습니다.

나만의 시화 한편을 만들어보세요. 내가 좋아하는 문장을 적어보거나
직접 시를 짓고 어울리는 그림을 그려보셔도 좋습니다.

나만의 시화집
컬러링 필사책2

초판 1쇄   2024.03.30.

지 은 이   유순덕
글   귀   공유마당
그   림   barbar@copyright.all righis reserved.

펴 낸 곳   예감출판사
펴 낸 이   이규종
등   록   제 2015-000130호
주   소   경기도 고양시 일산동구 공릉천로 175번길 93-86
                서울 마포구 토정로222
                한국출판콘텐츠센터 422-3
전   화   02-6401-7004
팩   스   02-323-6416
I S B N   979-11-89083-88-5 13810

값 3,500 원